O PROFETA

O livro é a porta que se abre para a realização do homem.

JAIR LOT VIEIRA

O PROFETA
KHALIL GIBRAN

Tradução
Lígia Barros

VIA**L**EITURA

Copyright desta edição © 2018 by Edipro Edições Profissionais Ltda.

Título original: *The prophet*. Publicado originalmente nos Estados Unidos em 1923, por Alfred A. Knopf. Traduzido a partir da 1ª edição.

Todos os direitos reservados. Nenhuma parte deste livro poderá ser reproduzida ou transmitida de qualquer forma ou por quaisquer meios, eletrônicos ou mecânicos, incluindo fotocópia, gravação ou qualquer sistema de armazenamento e recuperação de informações, sem permissão por escrito do editor.

Grafia conforme o novo Acordo Ortográfico da Língua Portuguesa.

1ª edição, 2018.

Editores: Jair Lot Vieira e Maíra Lot Vieira Micales
Edição de texto: Marta Almeida de Sá
Produção editorial: Carla Bitelli
Capa: Studio DelRey
Revisão: Maria Aiko Nishijima
Editoração eletrônica: Estúdio Design do Livro

Dados Internacionais de Catalogação na Publicação (CIP)
(Câmara Brasileira do Livro, SP, Brasil)

Gibran, Khalil, 1883-1931

   O profeta / Khalil Gibran; tradução de Lígia Barros.
– 1. ed. – São Paulo: Via Leitura, 2018.

   Título original: *The prophet*.
   ISBN 978-85-67097-60-2

   1. Ficção libanesa I. Título.

18-17212   CDD-892.7

Índice para catálogo sistemático:
1. Ficção : Literatura libanesa 892.7
Maria Alice Ferreira – Bibliotecária – CRB-8/7964

VIA LEITURA

São Paulo: (11) 3107-4788 • Bauru: (14) 3234-4121
www.vialeitura.com.br • edipro@edipro.com.br
 @editoraedipro @editoraedipro

Para Amie-Louise e Joseph

SUMÁRIO

Apresentação, 9

A chegada do navio, 13

Sobre o amor, 19

Sobre o casamento, 23

Sobre os filhos, 25

Sobre a doação, 27

Sobre comer e beber, 31

Sobre o trabalho, 33

Sobre a alegria e a tristeza, 37

Sobre as casas, 39

Sobre as roupas, 43

Sobre comprar e vender, 45

Sobre crime e castigo, 47

Sobre as leis, 51

Sobre a liberdade, 53

Sobre a razão e a paixão, 55

Sobre a dor, 57

Sobre o autoconhecimento, 59

Sobre o ensino, 61

Sobre a amizade, 63

Sobre a conversa, 65

Sobre o tempo, 67

Sobre o bem e o mal, 69

Sobre a prece, 73

Sobre o prazer, 75

Sobre a beleza, 79

Sobre religião, 83

Sobre a morte, 85

A despedida, 87

APRESENTAÇÃO

Khalil Gibran (1883-1931) foi escritor, poeta e pintor libanês. Nasceu na cidade de Bsharri, no norte do Líbano, mas emigrou para Boston, nos Estados Unidos, com a mãe e os irmãos durante a infância. Foi nos Estados Unidos que começou a se interessar por arte, porém sua mãe e seu irmão incentivaram-no a retornar à sua terra natal aos quinze anos para que conhecesse melhor sua herança cultural. Em 1902, ao voltar aos Estados Unidos, Gibran começou a publicar textos em árabe, que chamaram a atenção da comunidade local, e a expor seus quadros, o que lhe deu a oportunidade de estudar em Paris.

Seus primeiros livros foram escritos em árabe. Fazem parte dessa produção inicial obras como *A música* (1905), *As ninfas do vale* (1906), *Asas partidas* (1912), *Uma lágrima e um sorriso* (1914), *A procissão* (1919) e *Temporais* (1920). A partir de 1918, Gibran começou a escrever livros em inglês, atingindo grande sucesso com obras como *O precursor* (1920), *O profeta* (1923), *Areia e espuma* (1926) e *O errante* (publicada postumamente em 1932).

Gibran morreu em 1931, aos 48 anos, em Nova York, vítima de cirrose e tuberculose.

O autor é conhecido pelo teor místico de seus textos, que mesclam diferentes religiões. Criado em família cristã maronita, ele também foi influenciado pelo islamismo e pelo sufismo, além de conhecer a fundo diferentes textos sagrados. Seu conhecimento da história do Líbano, país cindido por disputas religiosas, fortaleceu sua crença na importância da unidade e da convivência entre religiões, o que se manifesta em suas obras.

Seu trabalho foi fortemente influenciado pelo escritor sírio Francis Marrash, tanto no estilo quanto na estrutura e nas ideias, como o conceito de amor universal.

O estilo de Gibran, que se distancia da escola clássica, foi pioneiro no movimento romântico da literatura árabe em prosa poética, e o autor é celebrado até hoje como um herói literário no Líbano, sua terra natal.

O profeta, publicado em inglês em 1923, é sua obra mais conhecida no Ocidente. É composta por vinte e seis ensaios filosóficos escritos em prosa poética. No livro, o profeta Almustafa está prestes a deixar a cidade fictícia de Orphalese, onde viveu por doze anos, para retornar à sua terra natal e, a pedido do povo, que sofre ao vê-lo partir, discorre sobre temas universais, como religião, morte, amizade, casamento, tempo e trabalho. Em seus discursos, ele trata tanto de temas elevados, como o amor e a religião, quanto de assuntos cotidianos e banais, como alimentação, roupas e moradia.

A obra se manteve popular desde sua publicação, difundindo-se especialmente durante os anos 1960 com a contracultura e o surgimento de movimentos *New Age*. Atualmente, já foi publicada em mais de quarenta idiomas. Uma sequência, *O jardim do profeta*, foi publicada postumamente e conta sobre a chegada do profeta a sua terra natal.

O sucesso do livro se deve em parte à visão espiritual universal do profeta, que oferece conselhos que não se prendem a dogmas da religião ortodoxa. Os discursos do personagem são inspiradores e podem se adequar a diversas situações da vida. *O profeta* também é celebrado pela beleza da prosa poética e pela riqueza das imagens criadas por Gibran.

Lígia Barros
Bacharel em Letras – Inglês/Português pela USP

A CHEGADA DO NAVIO

Almustafa, o eleito e o amado, que era a aurora de seu próprio dia, esperou por doze anos o regresso do navio que o transportaria de volta à sua ilha natal na cidade de Orphalese.

E no décimo segundo ano, no sétimo dia de Ielool, o mês da colheita, ele galgou a colina além dos muros da cidade, olhou para o mar e viu seu navio avançando pela névoa.

Então, as portas de seu coração se abriram, e sua alegria voou longe sobre o mar. E ele fechou os olhos e orou nos silêncios de sua alma.

Mas, enquanto descia a colina, a tristeza apoderou-se dele, e ele pensou em seu coração: "Como posso partir em paz e sem pesar? Não, não será sem uma ferida no espírito que deixarei esta cidade.

"Longos foram os dias de tristeza que passei dentro destes muros e longas foram as noites de solidão; quem consegue se separar da tristeza e da solidão sem arrependimentos?

Foram muitos os fragmentos de espírito que espalhei por estas ruas, e são muitos os filhos da minha ânsia que caminham nus por estas colinas, e não posso me afastar deles sem peso e dor. Não é uma roupa que hoje tiro, mas uma pele que rasgo com minhas próprias mãos. Também não é um pensamento que deixo para trás, mas um coração abrandado pela fome e pela sede.

Entretanto, não posso mais me demorar. O mar que tudo convoca também me convoca, e devo embarcar. Pois ficar, embora as horas se queimem na noite, é congelar e cristalizar, e se prender a um molde. Satisfeito eu ficaria em levar comigo tudo o que aqui se encontra.

Mas como? Uma voz não consegue levar consigo a língua e os lábios que lhe deram asas. Deve buscar o éter sozinha. E sozinha e sem o ninho, a águia deve voar para o sol."

Quando ele atingiu o sopé da colina, voltou-se novamente para o mar e viu seu navio se aproximando do porto e, sobre a proa, os marinheiros, os homens de sua terra natal.

E sua alma gritou para eles, e ele disse: "Filhos da minha mãe ancestral, cavaleiros das marés, quantas vezes vocês navegaram em meus sonhos. E agora vêm ao meu despertar, o mais profundo dos meus sonhos.

Estou pronto para partir, e minha ansiedade, de velas desfraldadas, espera o vento. Respirarei apenas mais uma vez neste ar parado, apenas mais um olhar amoroso lançado para trás, e então permanecerei entre vocês, um marinheiro entre marinheiros.

E você, mar vasto, mãe adormecida, que, sozinho, é paz e liberdade para o rio e o riacho, apenas mais uma curva do riacho, apenas mais um murmúrio na clareira, e então irei até você, uma gota ilimitada em um oceano ilimitado."

E enquanto andava, ele viu, a distância, homens e mulheres deixando os campos e os vinhedos e se apressando para os portais da cidade. E ouviu as vozes chamando seu nome e gritando de campo a campo, anunciando a chegada do navio.

E ele disse para si: "Será o dia da partida o dia da reunião? E será dito que meu anoitecer na verdade era meu amanhecer?

E o que devo dar àquele que deixou de arar o charco ou àquele que deteve a roda do lagar? Deve meu coração se tornar uma árvore carregada de frutos, os quais posso colher e lhes oferecer? E devem meus desejos fluir como uma fonte para que eu possa encher seus copos? Acaso serei uma harpa, que pode ser tocada pela mão do poderoso, ou uma flauta, para que seu sopro passe por mim?

Sou aquele que busca o silêncio, e que tesouros descobri nos silêncios do qual posso me desfazer com confiança? Se este é o meu dia da colheita, em que campos plantei as sementes e em qual estação esquecida? Se esta, de fato, é a hora em que ergo minha lanterna, não será a minha chama que queimará ali. Vazia e sombria devo erguer minha lanterna, e o guardião da noite vai enchê-la com óleo e também acendê-la."

Isso foi dito em palavras. Mas muito em seu coração permaneceu não dito. Pois ele não podia revelar seu mais profundo segredo. E, quando entrou na cidade, todas as pessoas foram recebê-lo, e todas gritavam por ele a uma única voz.

E os anciões da cidade aproximaram-se e disseram: "Não vá ainda. Você foi um meio-dia em nosso crepúsculo, e sua juventude nos forneceu sonhos para sonhar. Não é um estranho entre nós, nem um convidado, mas nosso filho e nosso querido amado. Ainda não deixe nossos olhos ficarem famintos de seu rosto".

E os sacerdotes e as sacerdotisas disseram-lhe: "Não deixe que as ondas do mar nos separem agora, e que os anos que passou entre nós tornem-se uma lembrança. Você caminhou entre nós como um espírito, e sua sombra foi uma luz sobre nossos rostos.

Muito o amamos. Mas nosso amor foi calado e ocultado por véus. No entanto, agora ele clama por você e se ergue, revelado, diante de você. Pois o amor nunca conhece a própria profundidade até a hora da separação." E outros também vieram e suplicaram. Mas ele não respondeu.

Apenas curvou a cabeça; e aqueles que estavam próximos viram suas lágrimas caindo sobre o peito.

E ele e o povo se dirigiram à grande praça diante do templo. E do santuário saiu uma mulher cujo nome era Almitra. E ela era uma vidente.

E ele olhou para ela com grande ternura, pois foi ela a primeira a buscá-lo e a acreditar nele quando ele se encontrava havia apenas um dia na cidade.

E ela saudou-o, dizendo: "Profeta de Deus, em busca do supremo, por muito tempo você vasculhou as distâncias por seu navio. E agora seu navio chegou, e deve partir.

Profunda é a sua ânsia pela terra de suas lembranças e pelo local de seus maiores desejos; e nosso amor não o prenderá, nem nossas necessidades vão detê-lo.

Entretanto, pedimos, antes que parta, que fale conosco e nos ofereça sua verdade. E nós a passaremos para nossos filhos, e eles a passarão para os deles, e ela nunca perecerá.

Em sua solidão, você observou nossos dias e, em seu despertar, ouviu o pranto e o riso de nosso sono.

Agora, portanto, revele-nos a nós mesmos e diga tudo o que lhe foi mostrado que há entre o nascimento e a morte."

E ele respondeu: "Povo de Orphalese, do que posso falar exceto daquilo que neste momento se movimenta em sua alma?".

SOBRE
O AMOR

Então Almitra disse: "Conte-nos sobre o amor". E ele ergueu a cabeça e olhou para o povo, e um silêncio caiu sobre eles. Com a voz forte, ele disse: "Quando o amor convocá-los, sigam-no, embora seus caminhos sejam árduos e íngremes.

E quando suas asas envolverem-nos, rendam-se, embora a espada oculta entre sua plumagem possa feri-los. E quando ele lhes falar, acreditem nele, embora sua voz possa estilhaçar seus sonhos, assim como o vento norte devasta o jardim.

Pois assim como o amor os coroa, ele pode crucificá-los. Assim como auxilia em seu crescimento, ele pode podá-los.

Assim como se eleva à sua altura e acaricia seus galhos mais tenros que farfalham ao sol, ele pode descer às suas raízes e sacudi-las, soltando-as da terra.

Como feixes de trigo, ele os junta a si. Ele os debulha para deixá-los nus. Ele os peneira para libertá-los de suas cascas. Ele os mói até ficarem brancos. Ele os sova até ficarem maleáveis; e, então, ele os conduz ao fogo sagrado, para que se tornem pão sagrado para o banquete sagrado de Deus.

Tudo isso o amor deve fazer para que conheçam os segredos de seus corações e, com o conhecimento, transformem-se em um fragmento do coração da Vida.

Mas se, em seu medo, vocês buscarem apenas a paz e o prazer do amor, então, é melhor que cubram sua nudez e deixem a eira do amor, até o mundo sem estações onde vocês podem rir, mas não na plenitude do riso, e chorar, mas não na plenitude das lágrimas.

O amor não dá nada além de si e não toma nada além de si. O amor não possui nem é possuído; pois o amor basta-se a si próprio.

Ao amar, não devem dizer: 'Deus está no meu coração', e sim: 'Estou no coração de Deus'.

E não devem pensar que podem dirigir o rumo do amor, pois o amor, se os julgar merecedores, dirige seu curso.

O amor não tem outro desejo além de o de se realizar. Mas se vocês amam e precisam ter desejos, deixem que estes sejam seus desejos: fundir-se e ser como um riacho que canta sua melodia para a noite.

Conhecer a dor da ternura em demasia. Ser ferido pela própria compreensão do amor; e sangrar por vontade própria e com alegria.

Despertar ao amanhecer com o coração alado e agradecer por mais um dia de amor; repousar ao meio-dia e meditar sobre o êxtase do amor; voltar para casa à noite com gratidão; e então dormir com uma prece para o amado no coração e uma canção de louvor nos lábios."

SOBRE
O CASAMENTO

Então Almitra falou novamente e disse: "E o casamento, mestre?". E ele respondeu: "Vocês nasceram juntos, e juntos devem permanecer para sempre.

Devem permanecer juntos quando as asas brancas da morte acabarem com seus dias. Sim, devem permanecer juntos até na memória silenciosa de Deus.

Mas deixem que haja espaço na união. E deixem os ventos do paraíso dançarem entre vocês. Amem-se, mas não façam do amor uma prisão: deixem que seja como um mar ondulante entre as praias de sua alma.

Encham a taça um do outro, mas não bebam apenas de uma taça. Deem de seu pão ao outro, mas não comam do mesmo pão. Cantem e dancem juntos, e se alegrem, mas deixem que cada um permaneça sozinho.

Assim como as cordas da lira estão sozinhas apesar de vibrarem com a mesma música. Deem seu coração, mas não o confiem à guarda um do outro. Pois apenas a mão da Vida pode conter o coração.

E, fiquem juntos, mas não juntos demais: pois os pilares do templo ficam afastados, e o carvalho e o cipreste não crescem na sombra um do outro."

SOBRE
OS FILHOS

E uma mulher com um bebê no colo disse: "Fale sobre os filhos". E ele respondeu: "Seus filhos não são seus filhos. São os filhos e as filhas do desejo da Vida por ela mesma.

Eles vêm por meio de vocês, mas não por vocês, e embora estejam com vocês, não pertencem a vocês. Vocês podem lhes dar amor, mas não pensamentos, pois eles têm os seus próprios.

Vocês podem abrigar seu corpo, mas não sua alma, pois ela vive na casa do amanhã, que vocês não podem visitar, nem mesmo nos sonhos.

Vocês podem tentar ser como eles, mas não tentem transformá-los em vocês.

Pois a vida não caminha para trás nem se detém no ontem. Vocês são os arcos que lançam as crianças adiante, como flechas vivas.

O arqueiro vê a marca sobre a estrada do infinito e Ele os puxa com Sua força para que Suas flechas possam ser velozes e chegar longe.

Deixem que sua curvatura na mão do Arqueiro seja alegre; pois assim como Ele ama a flecha que voa, também ama o arco que é estável."

SOBRE
A DOAÇÃO

Então um homem rico disse: "Fale-nos da doação". E ele respondeu: "Vocês pouco doam quando doam suas posses. Apenas quando doam a si mesmos é que doam de verdade.

Pois o que são suas posses além de objetos que vocês guardam e cuidam por medo de necessitar deles amanhã? E amanhã, o que o amanhã trará ao cão prudente que enterra ossos na areia sem deixar rastros enquanto segue peregrinos até a cidade sagrada?

E o que é o medo da necessidade além da necessidade em si? Não é o receio da sede quando seu poço está cheio, a sede que é insaciável?

Há aqueles que dão pouco do muito que possuem – e dão pelo reconhecimento, e seu desejo secreto torna suas doações sem valor.

E há aqueles que têm pouco e dão tudo. Estes são os que acreditam na vida e na recompensa da vida, e o cofre deles nunca fica vazio.

Há aqueles que dão com alegria, e essa alegria é a sua recompensa. E há aqueles que dão com dor, e essa dor é o seu batismo.

E há aqueles que dão e não conhecem a dor ao dar, nem buscam a alegria, nem doam com a virtude em mente; eles doam como, no vale, a murta exala sua fragrância ao espaço.

É por meio das mãos destes que Deus fala e, por trás dos olhos deles, Ele sorri para a terra.

É bom doar quando pedem; melhor, porém, é doar quando não pedem, pela compreensão; e, para os generosos, a busca daquele que deve receber é alegria maior que a de doar.

E há algo que vocês podem conservar? Tudo o que possuem deve ser doado algum dia; portanto, doem agora, para que a temporada de doação possa ser sua e não de seus herdeiros.

Vocês sempre dizem: 'Vou doar, mas apenas aos merecedores'. As árvores em seu pomar não dizem isso, nem os rebanhos em seu pasto. Eles dão para que possam viver, pois reter é perecer.

Certamente aquele que é digno de receber seus dias e suas noites é merecedor de tudo mais de vocês.

E aquele que mereceu beber do oceano da vida merece encher sua taça em seu pequeno regato. E que deserto maior pode haver do que aquele que depende da coragem e da confiança, e não da caridade, de receber?

E quem são vocês, para quem os homens devem rasgar o seio e desnudar o orgulho para que vejam seu valor despido e seu orgulho revelado?

Verifiquem primeiro se merecem ser doadores e instrumentos da doação. Pois, na verdade, é a vida que dá a vida – enquanto vocês, que se consideram doadores, são apenas testemunhas.

E vocês, recebedores – e todos são recebedores –, não assumam o peso da gratidão para não depositar um peso sobre vocês e sobre aquele que dá. Em vez disso, ergam-se junto a quem dá, com as doações como se fossem asas.

Pois, preocupar-se demais com a dívida é duvidar da generosidade de quem tem a terra de coração livre como mãe e Deus como pai."

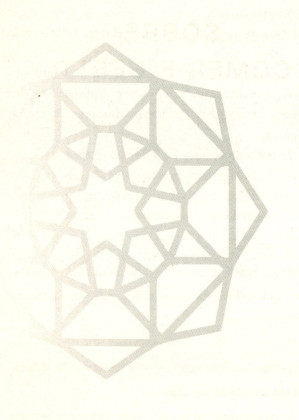

SOBRE COMER E BEBER

Então um homem idoso, estalajadeiro, disse: "Fale para nós sobre comer e beber". E ele disse: "Seria bom se vocês pudessem viver da fragrância da terra e, como uma planta aérea, ser sustentados pela luz.

Mas como precisam matar para comer e roubar dos recém-nascidos seu leite materno para saciar a sede, deixem que isso seja um ato de adoração.

E que sua mesa seja um altar onde o puro e o inocente da floresta e da planície são sacrificados por aquilo que é mais puro e ainda mais inocente no homem.

Quando matarem um animal, digam a ele em seu coração: 'Pelo mesmo poder que o abate, eu também sou abatido; e eu também serei consumido.

Pois a lei que o enviou à minha mão me enviará a uma mão mais poderosa. Seu sangue e meu sangue não são nada além da seiva que alimenta a árvore do céu'.

E quando mastigarem uma maçã com os dentes, digam em seu coração: 'Suas sementes viverão em meu corpo, e os botões de seu amanhã florescerão em meu coração, e sua fragrância será meu hálito, e juntos nos regozijaremos durante todas as estações'.

E no outono, quando colherem as uvas nos vinhedos para o lagar, digam em seu coração: 'Também sou um vinhedo, e meu fruto deve ser colhido para o lagar, e, como o vinho novo, em jarros eternos serei conservado'.

E, no inverno, quando beberem o vinho, que haja no coração de todos uma canção para cada taça.

E que haja na canção, uma recordação dos dias de outono, do vinhedo e do lagar."

SOBRE
O TRABALHO

Então um lavrador disse: "Conte-nos sobre o trabalho". E ele respondeu: "Vocês trabalham para acompanhar a terra e a alma da terra. Pois ficar indolente é tornar-se um estranho às estações e dar um passo para fora da procissão da vida que marcha em majestade e submissão orgulhosa em direção ao infinito.

Quando trabalham, vocês são uma flauta por meio da qual o sussurrar das horas transforma-se em música. Quem de vocês seria um junco, mudo e silencioso, quando todo o resto canta em uníssono? Sempre lhes disseram que o trabalho é uma maldição e o esforço, um infortúnio.

Mas eu digo que, ao trabalhar, vocês realizam parte do sonho mais profundo da terra, designado a vocês quando aquele sonho nasceu, e, ao se manterem no trabalho, vocês, na verdade, estão amando a vida.

E amar a vida por meio do trabalho é ser íntimo do segredo mais profundo da vida. Mas se vocês, em sua dor, chamarem o nascimento de aflição e a manutenção da carne de maldição escrita sobre a testa, então respondo que nada além do suor de sua testa vai lavar o que está escrito.

Disseram-lhes que a vida é escuridão, e, em seu cansaço, vocês ecoam o que foi dito pelos cansados. E eu lhes digo que a vida é de fato escuridão, exceto quando há ímpeto, e todo ímpeto é cego, exceto quando há conhecimento. E todo conhecimento é inútil, exceto quando há trabalho; e todo trabalho é vazio, exceto quando há amor.

E, quando trabalham com amor, vocês se ligam a si mesmos e uns aos outros e a Deus. E o que é trabalhar com amor?

É tecer a veste com fios tirados do coração, como se o amado fosse vestir a roupa. É construir uma casa com afeto, como se o amado fosse morar nessa casa.

É plantar sementes com ternura e colher a colheita com alegria, como se o amado fosse comer a fruta. É dar a tudo o que fizerem um sopro de seu próprio espírito, e saber que todos os mortos abençoados estão próximos a vocês, observando-os.

Certa vez os ouvi dizer, como se falassem durante o sono: 'Aquele que trabalha com o mármore e encontra a forma da própria alma na pedra é mais nobre que aquele que lavra o solo. E aquele que captura o arco-íris e o passa para a tela à semelhança do homem, é superior àquele que faz sandálias para os nossos pés'.

Porém, digo-lhes, não no sono, mas no máximo despertar do meio-dia, que o vento não fala com mais doçura com os carvalhos gigantes do que com a última de todas as lâminas de grama; e é grande aquele que, sozinho, transforma a voz do vento em uma canção mais doce pelo seu próprio amor.

O trabalho é o amor que se tornou visível. E se vocês não conseguem trabalhar com amor, mas apenas com desgosto, é melhor deixar o trabalho, sentar à porta do templo e pedir esmola àqueles que trabalham com alegria.

Pois, se assarem pão com indiferença, assarão um pão amargo que alimenta apenas metade da fome de um homem. E se amassarem uvas com rancor, seu rancor destilará veneno no vinho. E ainda que cantem como anjos, se não amarem o cântico, abafarão os ouvidos dos homens para as vozes do dia e as vozes da noite."

SOBRE
A ALEGRIA E A TRISTEZA

Então uma mulher disse: "Fale-nos da alegria e da tristeza".

E ele respondeu: "Sua alegria é sua tristeza desmascarada. E o mesmo poço de onde seu riso se ergue muitas vezes esteve repleto de lágrimas.

E como pode ser diferente? Quanto mais fundo a tristeza cava em vocês, mais alegria vocês podem conter.

O cálice que contém seu vinho não é o mesmo que foi queimado no forno do ceramista? E a lira que acalma o espírito não é da mesma madeira que foi escavada por facas?

Quando estiverem alegres, olhem no fundo do coração e descubram que apenas o que os entristeceu os alegra.

Quando estiverem tristes, olhem novamente para o coração e descubram que, na verdade, estão chorando pelo que já foi alegria.

Alguns de vocês dizem: 'A alegria é maior que a tristeza', e outros dizem: 'Não, a tristeza é maior'. Mas lhes digo, elas são inseparáveis.

Elas vêm juntas, e quando uma se senta sozinha com você à mesa, lembre-se de que a outra está adormecida em sua cama. Na verdade, vocês estão suspensos como pratos de uma balança, entre a tristeza e a felicidade.

É somente quando ficam vazios que estão imóveis e equilibrados. Quando o guarda do tesouro os ergue para pesar seu ouro e sua prata, sua alegria e sua tristeza devem subir ou descer."

SOBRE AS CASAS

Então um pedreiro aproximou-se e pediu: "Fale-nos das casas". E ele disse: "Construam em sua imaginação uma cabana na floresta antes de construírem uma casa dentro dos muros da cidade.

Pois, assim como vocês voltam para casa no crepúsculo, assim também o faz o andarilho dentro de vocês, sempre distante e solitário.

Sua casa é o seu corpo maior. Ela cresce com o sol e dorme na quietude da noite; e nunca deixa de sonhar. Sua casa não sonha? E, ao sonhar, deixa a cidade por uma gruta ou colina?

Gostaria de juntar suas casas na minha mão e, como um semeador, espalhá-las pela floresta e pela campina. Os vales seriam as ruas e as trilhas verdes, as alamedas, e vocês buscariam uns aos outros por vinhedos e viriam com a fragrância da terra nas vestes.

Mas ainda não chegou o momento.

Com medo, seus antepassados os juntaram muito próximos uns dos outros. E esse medo deve perdurar mais um pouco. Um pouco mais os muros da cidade devem separar seus lares dos campos.

E diga, povo de Orphalese, o que há nessas casas? E o que é que guardam a portas trancadas? Há paz, o impulso silencioso que revela seu poder? Há lembranças, os arcos cintilantes que se elevam ao topo da mente?

Há beleza, que conduz o coração do que é feito de madeira e de pedra até a montanha sagrada? Digam-me, vocês têm isso em casa?

Ou têm apenas o conforto e a cobiça do conforto, essa coisa furtiva que entra em casa como hóspede, torna-se hospedeiro e depois o mestre?

Ah, e torna-se um domador e com um gancho e açoite transforma seus maiores desejos em fantoches.

Embora suas mãos sejam de seda, seu coração é de ferro. Ele os embala para dormir apenas para ficar ao lado da cama e caçoar da dignidade da carne. Ele zomba de seus sentidos sensatos e os deita sobre o cardo como vasos frágeis.

Na verdade, a paixão pelo conforto mata a paixão da alma e depois acompanha sorrindo o funeral.

Mas vocês, filhos do espaço, inquietos na quietude, vocês não devem ser presos ou domados. Sua casa não deve ser uma âncora, mas um mastro. Não deve ser um protetor reluzente que cobre uma ferida, mas uma pálpebra que protege o olho.

Vocês não devem dobrar as asas para passar pelas portas, nem baixar a cabeça para não bater no teto, nem temer respirar para as paredes não racharem e desabarem.

Não devem morar em túmulos feitos pelos mortos para os vivos. E, embora magnífica e esplendorosa, a casa não deve manter segredo nem abrigar desejo.

Pois aquilo que é ilimitado em vocês habita a mansão do céu, cuja porta é a névoa matinal e cujas janelas são as músicas e os silêncios da noite."

SOBRE
AS ROUPAS

E o tecelão disse: "Fale-nos das roupas." E ele respondeu: "Suas roupas escondem muito da sua beleza, no entanto, não ocultam a feiura. E embora vocês busquem nas vestes a liberdade da privacidade, podem nelas encontrar um arreio e uma corrente.

Seria bom se pudessem enfrentar o sol e o vento com mais pele e menos roupa. Pois o sopro da vida está na luz do sol e a mão da vida, no vento.

Alguns de vocês dizem: 'Foi o vento polar que teceu as roupas que usamos'. E eu digo que sim, foi o vento polar. Mas a vergonha foi o seu tear, e o enfraquecimento dos nervos o seu fio.

E quando o trabalho terminou, ele riu na floresta. Não se esqueçam de que a modéstia é um escudo contra o olho do impuro.

E quando o impuro não mais existir, o que será a modéstia além de um aprisionamento e uma mancha na mente? Não se esqueçam de que a terra se delicia ao sentir seus pés descalços, e que o vento deseja brincar com seus cabelos."

SOBRE COMPRAR E VENDER

E um mercador disse: "Fale-nos sobre comprar e vender". E ele respondeu: "Para vocês, a terra oferece seu fruto, e não devem aceitá-lo a não ser que saibam como encher suas mãos.

É na troca de dádivas da terra que vocês encontrarão a abundância e ficarão satisfeitos. No entanto, a não ser que a troca seja feita com amor e justiça gentil, ela conduzirá alguns à avidez e outros à fome.

No mercado, vocês, trabalhadores do mar, dos campos e dos vinhedos, encontram os tecelões, os oleiros e os mercadores de especiarias. Invoquem então o espírito mestre da terra, para que se junte a vocês e santifique as balanças e as medidas que pesam valor com valor.

E não permitam que os de mãos vazias participem de suas transações, pois eles venderiam suas palavras por seu trabalho. Para tais homens, devem dizer:

'Venha conosco ao campo, ou vá com nossos irmãos para o mar e lance sua rede; pois a terra e o mar serão tão generosos com você quanto foram conosco'.

E se vierem os cantores, os dançarinos e os flautistas – comprem seus talentos também. Pois eles são colhedores de frutas e incenso, e o que trazem, embora feito de sonhos, é vestimenta e alimento para a alma.

E, antes de deixar o mercado, verifiquem se ninguém foi embora de mãos vazias. Pois o espírito mestre da terra não dormirá em paz sobre o vento até que as necessidades do último de vocês estejam satisfeitas."

SOBRE CRIME E CASTIGO

Então um dos juízes da cidade se levantou e disse: "Fale-nos sobre crime e castigo". E ele respondeu: "É quando o espírito sai vagando sobre o vento que vocês, sozinhos e desprotegidos, fazem mal aos outros e, assim, a vocês mesmos. E por esse mal cometido devem bater e esperar um pouco diante do portão dos abençoados.

Seu eu-divino é como o oceano; ele permanece sempre imaculado. E, como o éter, eleva apenas os alados. Seu eu-divino também é como o sol, desconhece os buracos da toupeira e não busca as tocas da serpente. Mas seu eu-divino não reside sozinho em seu ser.

Muito em vocês ainda é humano, e muito em vocês ainda não é humano, mas um pigmeu disforme que caminha adormecido na névoa em busca do próprio despertar. E do humano em vocês falarei agora.

Pois é ele, e não seu eu-divino, nem o pigmeu na névoa, que conhece o crime e o castigo do crime.

Muitas vezes os ouvi falar de alguém que comete um delito como se ele não fosse um de vocês, mas um estranho para vocês e um intruso em seu mundo.

Mas digo que, assim como o sagrado e o justo não podem ascender além do que há de mais elevado dentro de cada um de vocês, o mau e o fraco não podem cair além do mais baixo que também está dentro de vocês.

E, como a folha solitária não amarelece sem o conhecimento silencioso de toda a árvore, o infrator não pode fazer mal sem o assentimento secreto de todos vocês.

Como uma procissão vocês caminham na direção do eu-divino. Vocês são o caminho e os que caminham. E quando um de vocês cai, ele cai pelos que estão atrás, alertando-os contra a pedra perigosa.

Sim, e ele cai pelos que estão adiante, que, embora mais rápidos e com pés mais firmes, não retiraram a pedra perigosa.

E isso também, embora o mundo pese sobre o coração de vocês: o assassinado não é isento de responsabilidade por seu próprio assassinato, e o roubado não é isento de culpa ao ser roubado.

O justo não é inocente nas ações do mal, e o de mãos limpas não está isento dos atos do culpado. Sim, o culpado muitas vezes é vítima do prejudicado.

E, ainda mais frequente, o condenado aguenta o fardo dos sem culpa e dos sem acusação. Vocês não podem separar o justo do injusto nem o bom do mau.

Pois eles permanecem juntos diante da face do sol, assim como o fio preto e o branco são tecidos juntos.

E quando o fio preto se parte, o tecelão deve olhar para o tecido por inteiro e também deve examinar o tear.

Se algum de vocês põe em julgamento a esposa infiel, deixem que também pesem o coração do marido na balança e meçam sua alma na escala. E deixem aquele que quer flagelar o ofensor olhar no espírito do ofendido.

E se algum de vocês castigar em nome da justiça e baixar o machado na árvore maligna, deixe que ele veja as raízes; e encontrará as raízes do bem e do mal, do que dá frutos e do que não dá, todas entrelaçadas no coração silencioso da terra.

E vocês, juízes que seriam justos. Que julgamento pronunciam contra aquele que, embora honesto na carne, é um ladrão no espírito? Que penalidade dão àquele que flagela o corpo, mas também é flagelado no espírito?

E como vocês processam aquele que na prática é um enganador e um opressor, mas que também é discriminado e insultado? E como devem punir aqueles cujo remorso já é maior que os delitos? Não é o remorso a justiça administrada pela mesma lei a que desejam servir?

Mesmo assim, não podem depositar o remorso sobre o inocente ou tirá-lo do coração do culpado. Espontaneamente, ele deve gritar na noite, para que os homens despertem e olhem para si mesmos.

E vocês, que desejam entender a justiça, como entendê-la a não ser que olhem para todos os fatos em plena luz?

Só então saberão que o ereto e o caído são apenas um homem em pé no crepúsculo entre a noite de seu eu-pigmeu e o dia de seu eu-divino, e que a pedra angular do templo não é mais elevada que a pedra mais baixa de sua fundação."

SOBRE
AS LEIS

Então um advogado disse: "Mas e as nossas leis, mestre?" E ele respondeu: "Vocês se deleitam em estabelecer leis, mas se deleitam mais em quebrá-las. Como crianças brincando no oceano que constroem castelos de areia pacientemente e depois os destroem com risos.

Mas enquanto constroem seus castelos de areia, o oceano traz mais areia à praia, e quando vocês os destroem, o oceano ri com vocês. Na verdade, o oceano sempre ri com os inocentes.

Mas que dizer daqueles para quem a vida não é um oceano e as leis feitas pelo homem não são castelos de areia, mas para quem a vida é uma rocha, e a lei um cinzel com o qual vão esculpi-la à sua própria semelhança? E o aleijado que odeia os dançarinos? E o boi que gosta de seu jugo e considera o alce e o veado da floresta seres errantes e vadios?

E a velha serpente que, incapaz de trocar de pele, chama todas as outras de nuas e despudoradas? E aquele que chega mais cedo ao banquete de casamento e, quando bem alimentado e cansado, diz que todas as festas são violações e todos os festejadores, violadores da lei?

O que devo dizer deles além de que todos estão sob a luz do sol, mas de costas para ela? Eles veem apenas suas sombras, e suas sombras são suas leis.

E o que é o sol para eles além de um lançador de sombras? E o que é reconhecer as leis senão curvar-se e traçar suas sombras na terra?

Mas vocês que caminham voltados para o sol, que imagens desenhadas na terra podem detê-los? Vocês que viajam com o vento, que catavento pode orientar seu curso? Que lei humana pode prendê-los se quebrarem seu jugo, mas não à porta da prisão humana?

Que leis devem temer se dançarem, mas tropeçarem nas correntes de ferro humanas? E quem vai levá-los a julgamento se vocês rasgarem suas vestes, sem as deixarem no caminho de outrem.

Povo de Orphalese, vocês podem abafar o tambor e afrouxar as cordas da lira, mas quem pode impedir a cotovia de cantar?"

SOBRE A LIBERDADE

E um orador disse: "Fale-nos da Liberdade". E ele respondeu: "Às portas da cidade e junto à lareira, eu os vi prostrar-se e venerar sua própria liberdade, assim como escravos se humilham diante de um tirano e o louvam apesar de ele chicoteá-los.

Sim, no pomar do templo e na sombra da cidadela, vi os mais livres entre vocês usarem a liberdade como um jugo e uma algema. E meu coração sangrou dentro de mim; pois apenas podem ser livres quando até o desejo de buscar a liberdade torna-se um arreio para vocês e quando cessam de falar sobre a liberdade como meta e realização.

Vocês serão livres de verdade não quando seus dias não tiverem preocupação e suas noites não tiverem desejo e tristeza, mas sim quando essas coisas cercarem sua vida e, apesar disso, vocês se erguerem acima delas, nus e libertos.

E como podem se erguer acima de seus dias e noites a não ser que quebrem as correntes que vocês, na aurora da compreensão, amarraram ao redor de seu meio-dia? Na verdade, aquilo que chamam de liberdade é a mais forte dessas correntes, embora seus elos brilhem ao sol e ofusquem seus olhos.

E o que vocês descartam para se tornarem livres, além de fragmentos de seu próprio ser? Se for uma lei injusta que querem abolir, essa lei foi escrita com suas próprias mãos sobre a própria testa. Não podem apagá-la ao queimar os livros da lei ou lavar a testa de seus juízes, mesmo despejando o mar sobre eles.

E se for um déspota que querem destronar, vejam primeiro se o trono erigido dentro de vocês foi destruído. Pois como pode um tirano governar os livres e os orgulhosos senão pela tirania na própria liberdade e pela vergonha do próprio orgulho? E se é um cuidado do qual querem desfazer-se, o cuidado foi escolhido por vocês e não imposto.

E se é um medo do qual querem descartar-se, a base desse medo está em seu coração e não na mão do temido. Na verdade, todas as coisas se movimentam dentro de seu ser em um quase abraço constante, o desejado e o temido, o repugnante e o atraente, o perseguido e aquele de quem querem escapar.

Essas coisas se movimentam dentro de vocês como luzes e sombras em pares unidos. E quando a sombra cessa e deixa de existir, a luz que permanece transforma-se na sombra de outra luz. E, assim, sua liberdade, quando perde as amarras, transforma-se nas amarras de uma liberdade maior."

SOBRE
A RAZÃO E A PAIXÃO

E a sacerdotisa voltou a falar e disse: "Fale-nos da razão e da paixão". E ele respondeu: "Sua alma constantemente é um campo de batalha, onde sua razão e seu juízo enfrentam sua paixão e seu apetite.

Pudesse eu ser o pacificador de sua alma e transformar a discórdia e a rivalidade de seus elementos em união e melodia. Mas como posso, a não ser que vocês também sejam pacificadores, vamos dizer, amantes de todos os elementos?

Sua razão e sua paixão são o leme e as velas de sua alma navegante. Se as velas ou o leme se quebrarem, vocês somente poderão permanecer à deriva ou ficar parados no meio do mar.

Pois a razão, governando sozinha, é uma força confinadora; e a paixão, desacompanhada, é uma chama que queima até sua própria destruição.

Portanto, deixem a alma exaltar a razão à altura da paixão, para que cante; e deixem-na dirigir a paixão com razão, para que ela possa sobreviver à sua própria ressurreição cotidiana e, como a fênix, elevar-se acima das próprias cinzas.

Gostaria que considerassem o julgamento e apetite iguais, como dois hóspedes amados em sua casa. Certamente, não honrariam um convidado mais que o outro; pois aquele que se importa mais com um perde o amor e a fé dos dois.

Entre as colinas, quando se sentarem à sombra fresca dos álamos brancos, compartilhando a paz e a serenidade dos campos distantes e dos prados – deixem o coração dizer em silêncio: 'Deus repousa na razão'.

E quando a tempestade chegar, e o vento poderoso sacodir a floresta, e os trovões e raios proclamarem a majestade do céu, deixem o coração dizer com admiração: 'Deus age na paixão'.

E já que são um sopro na esfera de Deus e uma folha na floresta de Deus, vocês também devem repousar na razão e agir na paixão."

SOBRE A DOR

E uma mulher falou: "Conte-nos sobre a dor". E ele disse: "Sua dor é a quebra da concha que envolve sua compreensão.

Assim como o caroço da fruta deve ser quebrado para que o coração possa ficar ao sol, vocês devem conhecer a dor.

E se pudessem manter o coração maravilhado diante dos milagres diários da vida, a dor não pareceria menos maravilhosa que a alegria.

E vocês aceitariam as estações do coração, assim como sempre aceitaram as estações que passam sobre os campos. E contemplariam com serenidade os invernos de sofrimento.

Muito da dor é por vocês imposta. É a poção amarga com que o médico dentro de vocês cura o interior doente.

Portanto, confiem no médico e bebam o remédio em silêncio e com tranquilidade: pois, sua mão, embora pesada e dura, é guiada pela suave mão do Invisível. E a taça que ele traz, embora queime seus lábios, foi feita com a argila que o Oleiro umedeceu com Suas próprias lágrimas sagradas."

SOBRE O AUTOCONHECIMENTO

E um homem disse: "Fale-nos sobre o autoconhecimento". E ele respondeu: "Seu coração sabe em silêncio os segredos dos dias e das noites. Mas seus ouvidos estão sedentos pelo som do conhecimento de seu coração.

Vocês saberiam em palavras o que sempre souberam no pensamento. Vocês tocariam com os dedos o corpo nu de seus sonhos. E é bom que o façam.

A fonte oculta de sua alma precisa brotar e correr murmurante para o mar; e o tesouro de suas profundezas infinitas será revelado diante de seus olhos.

Mas não permitam que balanças pesem seu tesouro desconhecido; e não busquem as profundezas de seu conhecimento com uma vara ou uma sonda. Pois o eu é um mar sem fronteiras e sem medidas.

Não digam: 'Encontrei a verdade', mas sim: 'Encontrei uma verdade'. Não digam: 'Encontrei o caminho da alma'. Em vez disso digam: 'Encontrei a alma andando em meu caminho'.

Pois a alma anda em todos os caminhos. A alma não caminha em linha reta, nem cresce como um caniço. A alma se desdobra, como um lótus de incontáveis pétalas."

SOBRE O ENSINO

Então um professor disse: "Fale-nos sobre o ensino". E ele respondeu: "Nenhum homem pode revelar-lhes algo que já não esteja semiadormecido na aurora de seu conhecimento.

O professor que caminha à sombra do templo, com seus seguidores, não dá sua sabedoria, mas sim sua fé e seu amor. Se for de fato sábio, ele não exige que vocês entrem na casa de sua sabedoria, mas os conduz à soleira de sua própria mente.

O astrônomo pode lhes falar de sua compreensão do espaço, mas não pode lhes dar esse entendimento. O músico pode cantar para vocês sobre o ritmo que está em todo o espaço, mas não pode dar o ouvido que captura o ritmo nem a voz que o ecoa.

E aquele versado na ciência dos números pode falar das regiões do peso e das medidas, mas não pode conduzi-los para lá. Pois a visão de um homem não empresta asas a outro homem.

E assim como cada um de vocês permanece sozinho no conhecimento de Deus, cada um deve ficar sozinho no seu conhecimento sobre Deus e na sua compreensão sobre a terra."

SOBRE
A AMIZADE

E um jovem disse: "Fale-nos sobre a amizade". E ele respondeu: "Seu amigo é a resposta às suas necessidades.

Ele é o campo que vocês semeiam com amor e colhem com gratidão. E é sua mesa e sua lareira. Pois vocês vão até ele com fome e o buscam para ter paz.

Quando seu amigo fala o que pensa, não temam o "não" em sua própria mente, nem segurem o "sim". E quando ele está em silêncio, seu coração não cessa de escutar o coração dele.

Pois sem palavras, na amizade, todos os pensamentos, desejos e expectativas nascem e são compartilhados, com uma alegria silenciosa.

Quando se separarem de seu amigo, não lamentem; pois aquilo que mais amam nele pode se tornar mais claro em sua ausência, assim como a montanha é mais clara para o alpinista vista da planície.

E não deixem que haja outro propósito na amizade além do aprofundamento do espírito. Pois o amor que busca algo além da descoberta de seu próprio mistério não é amor, mas uma rede arremessada: apenas o inaproveitável é pego.

E deixem o que há de melhor em vocês para seu amigo. Se ele deve conhecer a vazante de sua maré, deixem que conheça também a enchente. Pois, para o que é o amigo, se apenas o procuram para matar tempo? Busquem-no sempre para viver o tempo. Pois ele deve preencher sua necessidade e não seu vazio.

E na doçura da amizade, deixem que haja risos e o partilhar dos prazeres. Pois é no orvalho das pequenas coisas que o coração encontra sua manhã e se revigora."

SOBRE
A CONVERSA

Então um erudito disse: "Fale-nos da conversa". E ele respondeu: "Vocês conversam quando deixam de estar em paz com seus pensamentos.

E quando não mais conseguem viver na solidão de seu coração, vivem nos lábios, e o som é uma diversão e um passatempo.

E, em muito do que dizem, o pensamento é meio assassinado. Pois o pensamento é um pássaro do espaço, que em uma gaiola de palavras pode até abrir as asas, mas não voar.

Há alguns entre vocês que buscam os que falam muito por medo de ficarem sozinhos. O silêncio da solidão revela a seus olhos seus eus desnudos, e eles fogem.

E há aqueles que falam e, sem conhecimento ou premeditação, revelam uma verdade que eles mesmos não compreendem.

E há aqueles que têm a verdade dentro de si, mas não a revelam em palavras.

No seio destes, o espírito vive em um silêncio rítmico. Quando encontrarem seu amigo na estrada ou no mercado, deixem o espírito dentro de vocês mover seus lábios e dirigir sua língua.

Deixem a voz dentro da sua voz falar para o ouvido dentro do ouvido dele; pois sua alma manterá a verdade de seu coração assim como o gosto do vinho é lembrado quando a cor é esquecida e a taça não existe mais."

SOBRE
O TEMPO

E um astrônomo disse: "Mestre, e o tempo?". E ele respondeu: "Vocês gostam de medir o tempo, o ilimitado e o incomensurável. Ajustam sua conduta e até dirigem o curso de seu espírito de acordo com as horas e as estações.

Do tempo, vocês fazem um riacho em cuja margem se sentam e observam seu fluxo. Mesmo assim, o atemporal em vocês está ciente da atemporalidade da vida e sabe que ontem é apenas uma lembrança do hoje e que amanhã é um sonho do hoje.

E aquele que dentro de vocês canta e contempla, ainda vive entre os limites daquele primeiro momento que espalhou as estrelas no espaço.

Quem entre vocês não sente que seu poder de amar é ilimitado? No entanto, quem não sente que esse mesmo amor, embora ilimitado, está englobado no âmago de seu ser, sem se mover de pensamento amoroso a pensamento amoroso, nem de ação amorosa a ação amorosa?

E o tempo não é como o amor, indivisível e imóvel?

Mas se acham que devem medir o tempo em estações, deixem que cada uma delas envolva todas as outras, e deixem o hoje abraçar o passado com lembrança e o futuro com desejo."

SOBRE
O BEM E O MAL

E um dos anciões da cidade disse: "Fale-nos do bem e do mal". E ele respondeu: "Posso falar do bem em vocês, mas não do mal.

Pois o que é o mal senão o bem torturado por sua própria fome e sede? Na verdade, quando o bem está faminto ele busca alimento até nas cavernas escuras e, quando tem sede, bebe até das águas paradas.

Vocês são bons quando são unos consigo mesmos. No entanto, quando não são unos consigo mesmos, não são maus. Pois uma casa dividida não é um covil de ladrões; é apenas uma casa dividida. E um navio sem leme pode vagar sem rumo entre ilhas perigosas, mas não afundar.

Vocês são bons quando se esforçam para se entregar. No entanto, não são maus quando buscam o lucro próprio.

Pois quando buscam o lucro, não passam de uma raiz que se prende à terra e suga em seu seio. Certamente a fruta não pode dizer à raiz: 'Seja como eu, madura e plena e sempre propiciando a abundância'. Pois para a fruta, dar é uma necessidade, da mesma forma que receber é uma necessidade da raiz.

Vocês são bons quando estão plenamente despertos em seu discurso. Porém, não são maus quando adormecem enquanto a língua vaga sem propósito. Até mesmo um discurso trôpego pode fortalecer uma língua fraca.

Vocês são bons quando caminham rumo ao objetivo firmemente, com passos decididos. Porém, não são maus quando avançam mancando. Até aqueles que mancam não caminham para trás.

Mas vocês, que são fortes e rápidos, evitem mancar diante do coxo, fingindo bondade. Vocês são bons de inúmeras formas e não são maus quando não são bons, são apenas preguiçosos e ociosos.

É uma pena que cervos não possam ensinar agilidade às tartarugas.

No desejo pelo eu maior reside a bondade: e esse desejo está em todos vocês. Mas em alguns esse desejo é uma torrente correndo com força até o mar, carregando os segredos das colinas e as canções da floresta.

E em outros é um córrego raso que se perde em curvas e inclinações e míngua antes de chegar à praia.

Mas não deixem aquele que deseja muito dizer àquele que deseja pouco: 'Por que você é lento e hesitante?'.

Pois os verdadeiramente bons não perguntam aos nus: 'Onde está sua roupa?', nem aos sem lar: 'O que houve com a sua casa?'."

SOBRE
A PRECE

Então uma sacerdotisa disse: "Fale-nos sobre a prece". E ele respondeu: "Vocês oram em suas aflições e em suas necessidades; também poderiam orar na plenitude de sua alegria e em seus dias de abundância.

Pois o que é a prece senão a expansão do eu no éter vivo?

E se for para o seu conforto o exalar de sua escuridão no espaço, também é para o seu encantamento o exalar do amanhecer de seu coração.

E se vocês não conseguem fazer nada além de chorar quando a alma os convoca à oração, ela vai esporeá-los várias vezes, ainda que os faça chorar, até vocês começarem a rir.

Quando oram, vocês se elevam para encontrar no ar aqueles que estão rezando nessa mesma hora e aqueles que não encontrariam se não fosse pela oração.

Portanto, não deixem que a visita ao templo invisível seja para nada além do êxtase e da doce comunhão. Pois se entrarem no templo com qualquer outro propósito que não seja pedir, vocês não receberão.

E se entrarem com humildade, não serão erguidos: ou mesmo se entrarem para pedir o bem dos outros, não serão ouvidos. É suficiente entrar invisível no templo.

Não posso ensiná-los a rezar com palavras. Deus não ouve suas palavras a não ser quando Ele Próprio as pronuncia por meio dos lábios de vocês.

E não posso ensiná-los a oração dos mares, das florestas e das montanhas. Mas vocês, que nasceram nas montanhas e florestas, e mares, podem encontrar a oração no coração.

E se vocês escutarem na quietude da noite, ouvirão dizer em silêncio: 'Nosso Deus, que é nosso eu-alado, é a Sua vontade em nós que quer.

É o Seu desejo em nós que deseja. É Seu impulso em nós que transforma nossas noites, que são Suas, em dias, que também são Seus.

Não podemos Lhe pedir nada, pois você conhece nossas necessidades antes de elas nascerem em nós: Você é nossa necessidade; e, ao nos dar mais de Si, Você nos dá tudo'."

SOBRE
O PRAZER

Então um ermitão, que visitava a cidade uma vez por ano, avançou e disse: "Fale sobre o prazer". E ele respondeu: "O prazer é uma canção da liberdade. Mas não é a liberdade.

É o florescer de seus desejos, mas não é o fruto. É uma profundeza chamando à altura, mas não é a profundeza nem a altura. É o engaiolado ganhando asas, mas não é o espaço abrangido. Sim, na verdade, o prazer é uma canção de liberdade.

E eu ficaria contente se vocês a cantassem com todo o coração; mas não quero que percam o coração ao cantar.

Alguns de seus jovens buscam o prazer como se ele fosse tudo, e são julgados e repreendidos. Eu não os julgaria nem repreenderia. Eu os faria buscar. Pois eles devem encontrar o prazer, mas não apenas ele.

Sete são as suas irmãs, e a última delas é mais bela que o prazer. Não ouviram falar do homem que cavou a terra em busca de raízes e encontrou um tesouro? E alguns de vocês se lembram dos prazeres com arrependimento, como se fossem erros cometidos na embriaguez.

Mas o arrependimento é o enevoamento da mente e não seu castigo. Devem se lembrar dos prazeres com gratidão, como se fossem uma colheita de verão. Mas se o arrependimento os conforta, deixem que se confortem.

E há entre vocês aqueles que não são nem jovens para buscar, nem velhos para lembrar; e em seu medo de buscar e lembrar, eles banem todos os prazeres para não negligenciar o espírito ou ofendê-lo.

Mas seu prazer reside até na antecipação. E assim eles também encontram um tesouro, embora cavem em busca de raízes com mãos trêmulas.

Mas digam, quem pode ofender o espírito? O rouxinol pode ofender a quietude da noite ou o vaga-lume as estrelas? E sua chama ou fumaça podem sobrecarregar o vento?

Vocês acham que o espírito é um lago parado que podem perturbar com uma vara? Muitas vezes, ao se negar o prazer, vocês armazenam o desejo nos recessos de seu ser. Quem sabe, além do que hoje parece oculto, o que o amanhã trará?

Até o corpo conhece a herança e a necessidade a que tem direito e não será enganado. O corpo é a harpa da alma, cabe a vocês produzirem música doce ou sons confusos com ele.

E agora vocês perguntam com o coração: 'Como podemos distinguir o que é bom no prazer do que é ruim?'.

Vão para seus campos e jardins e aprenderão que o prazer da abelha é colher mel da flor, mas o prazer da flor também é dar seu mel para a abelha.

Pois, para a abelha, uma flor é fonte de vida, e para a flor a abelha é mensageira do amor, e, para as duas, abelha e flor, propiciar e receber o prazer são uma necessidade e um êxtase.

Povo de Orphalese, seus prazeres devem ser como o das flores e das abelhas."

SOBRE A BELEZA

E um poeta disse: "Fale sobre a beleza". E ele respondeu: "Onde devem buscar a beleza e como devem encontrá-la a menos que a própria seja seu caminho e seu guia? E como devem falar dela a menos que ela seja a tecelã de sua fala?

Os humilhados e feridos dizem: 'A beleza é boa e gentil. Como uma jovem mãe tímida de sua própria glória, ela caminha entre nós'.

E os apaixonados dizem: 'Não, a beleza é coisa de poder e terror. Como uma tempestade, ela sacode a terra abaixo de nós e o céu acima de nós'.

Os cansados e desgastados dizem: 'A beleza é um sussurro leve. Ela fala em nosso espírito. Sua voz se rende aos nossos silêncios como uma luz fraca estremece de medo da sombra'.

Mas os inquietos dizem: 'Ouvimos seus gritos entre as montanhas. E com seus gritos vêm o som de cascos, o bater de asas e o rugido de leões'.

À noite, os vigias da cidade dizem: 'A beleza deve se erguer com a aurora ao leste'.

E, ao meio-dia, os trabalhadores e caminhantes dizem: 'Nós a vimos se inclinando sobre a terra das janelas do pôr do sol'. No inverno, os presos pela neve dizem: 'Ela talvez venha com a primavera saltando sobre as colinas'.

E no calor do verão, os ceifeiros dizem: 'Nós a vimos dançando com as folhas outonais e vimos restos de neve em seu cabelo'.

Todas essas coisas vocês disseram sobre a beleza, embora, na verdade, não falem sobre ela, mas sobre necessidades não satisfeitas, e a beleza não é uma necessidade, mas um êxtase. Não é uma boca sedenta nem uma mão vazia esticada, mas um coração inflamado e uma alma encantada.

Não é a imagem que vocês veriam nem a música que ouviriam, mas uma imagem que vocês veem mesmo que fechem os olhos, e uma música que ouvem mesmo que tapem os ouvidos.

Não é a seiva na casca enrugada, nem uma asa atada a uma garra, mas um jardim sempre florescendo e um grupo de anjos sempre a voar.

Povo de Orphalese, a beleza é a vida quando esta revela seu rosto sagrado. Mas vocês são a vida e o véu. A beleza é a eternidade se olhando no espelho. Mas vocês são a eternidade e o espelho."

SOBRE RELIGIÃO

E um velho sacerdote disse: "Fale-nos sobre religião". E ele respondeu: "Falei neste dia sobre outra coisa? A religião não é toda ação e toda reflexão.

E tudo o que não é ação nem reflexão, mas um maravilhamento e uma surpresa sempre brotando na alma, mesmo enquanto as mãos talham a pedra ou trabalham no tear?

Quem consegue separar a fé das ações, ou a crença das ocupações? Quem consegue espalhar as horas diante de si, dizendo: 'Isso é para Deus e isso é para mim; isso é para a minha alma e isso é para o meu corpo?'. Todas as horas são asas que batem por meio do espaço, de ser em ser.

Aquele que veste a moralidade como se fosse seu melhore traje estaria melhor nu. O vento e o sol não farão buracos em sua pele.

E aquele que define sua conduta pela ética, aprisiona seu pássaro canoro na gaiola. A música mais livre não vem de trás de barras e grades.

E aquele para quem a adoração é uma janela, para abrir, mas também para fechar, ainda não visitou o lar de sua alma cujas janelas ficam abertas de aurora a aurora. Sua vida cotidiana é seu templo e sua religião. Sempre que entrarem nela, levem consigo tudo de si.

Levem o arado, a forja, o martelo e a lira, as coisas que criaram por necessidade ou por prazer.

Pois, em sonhos, vocês não podem erguer-se acima de suas realizações nem cair abaixo de seus fracassos. E levem consigo todos os homens: pois na adoração vocês não podem voar mais alto que as esperanças deles, nem se humilhar abaixo do desespero deles.

E se querem conhecer Deus, não sejam decifradores de enigmas. O melhor é olhar ao seu redor e então poderão vê-Lo brincando com suas crianças.

E olhem para o espaço; poderão vê-Lo caminhando na nuvem, esticando Seus braços nos raios e caindo na chuva. Poderão vê-Lo sorrindo nas flores e depois se erguendo e acenando Suas mãos nas árvores."

SOBRE A MORTE

Então Almitra falou: "Agora perguntamos sobre a morte". E ele disse: "Querem conhecer o segredo da morte. Mas como podem descobri-lo a não ser que o busquem no coração da vida?

A coruja cujos olhos noturnos são cegos para o dia não pode desvendar o mistério da luz.

Se quiserem de fato conhecer o espírito da morte, abram bem o coração ao corpo da vida. Pois a vida e a morte são uma, assim como o rio e o mar são um.

Na profundeza de suas esperanças e de seus desejos jaz o conhecimento silencioso do além.

E como sementes sonhando sob a neve, o coração de vocês sonha com a primavera. Confiem nos sonhos, pois neles está oculta a porta para a eternidade.

O medo da morte é como o tremor do pastor ao ficar diante do rei cuja mão ele ergue para honrá-lo.

O pastor não está alegre por trás de seu tremor, por poder usar a insígnia do rei? No entanto, não está mais ciente de seu tremor?

Pois o que é morrer senão expor-se nu ao vento e derreter sob o sol? E o que é cessar de respirar senão libertar a respiração de suas marés incessantes, para que possa erguer-se, expandir-se e buscar Deus livremente? Apenas quando vocês bebem do rio do silêncio podem realmente cantar.

E quando atingirem o topo da montanha, deverão começar a escalar. E quando a terra exigir seus membros, então deverão realmente dançar."

A
DESPEDIDA

E então a noite chegou. E Almitra, a vidente, disse: "Abençoado seja este dia, este lugar e o seu espírito que falou". E ele respondeu: "Fui eu quem falou? Também não fui um ouvinte?".

Então ele desceu os degraus do templo e todos o seguiram. Ele chegou ao navio e ficou no convés.

Voltando-se novamente para as pessoas, ergueu a voz e disse: "Povo de Orphalese, o vento me convida a deixá-los. Apesar de eu ser menos apressado que o vento, ainda assim devo ir.

Nós, errantes, sempre buscamos o caminho mais solitário, nunca iniciamos um dia onde terminamos o outro dia;

e nenhum nascer do sol nos encontra onde o pôr do sol nos deixou. Mesmo enquanto a terra dorme, nós viajamos.

Somos as sementes da planta tenaz e é quando estamos maduros e plenos de coração que somos entregues ao vento e espalhados.

Breves foram os meus dias entre vocês, e mais breves ainda as palavras que disse. Mas se minha voz desvanecer em seus ouvidos e meu amor desaparecer de suas memórias, eu voltarei.

E falarei com um coração mais rico e lábios mais obedientes ao espírito. Sim, devo voltar com a maré. E embora a morte possa me ocultar, e o silêncio maior me envolver, ainda assim buscarei sua compreensão.

E não buscarei em vão. Se algo do que disse é verdade, essa verdade deve revelar-se em uma voz mais clara e em palavras mais semelhantes aos seus pensamentos.

Vou com o vento, povo de Orphalese, mas não vou no vazio; e se este dia não é uma realização de suas necessidades e de meu amor, então deixem que seja uma promessa até outro dia.

As necessidades do homem mudam, mas não o seu amor, nem o desejo de que seu amor satisfaça suas necessidades. Saibam, portanto, que do grande silêncio devo retornar.

A névoa que desvanece ao amanhecer, deixando apenas orvalho nos campos, vai se erguer e se juntar em uma nuvem, caindo depois como chuva. E eu não sou diferente da névoa.

No silêncio da noite caminhei por suas ruas e meu espírito entrou em suas casas; as batidas do coração de vocês estavam no meu coração, e a respiração de todos estava no meu rosto, e eu conheci a todos vocês.

Sim, conheci suas alegrias e suas tristezas, e em seu sono seus sonhos foram os meus sonhos. E muitas vezes estive entre vocês, como um lago entre montanhas.

Refleti os cumes em vocês, e as encostas inclinadas, e até os rebanhos errantes de seus pensamentos e desejos.

E ao meu silêncio vieram a risada de suas crianças nos riachos e o anseio de seus jovens nos rios.

E quando atingiram minha profundidade, os riachos e rios não cessaram de cantar. Mas algo ainda mais doce que o riso e maior que o desejo veio até mim.

Era o ilimitado em vocês; o vasto homem em quem vocês são apenas células e músculos; aquele em cujo canto todo o seu cantar é apenas palpitação silenciosa. É no vasto homem que vocês são vastos, e foi ao contemplá-lo que eu os contemplei e os amei.

Pois que distâncias o amor pode alcançar fora da vasta esfera? Que visões, que expectativas e que presunções podem erguer-se sobre aquele voo?

O homem vasto em vocês é como um gigantesco carvalho coberto por flores de macieira. Seu poder os prende à terra, sua fragrância os ergue ao espaço e, em sua durabilidade, vocês são imortais.

Disseram-lhes que, como uma corrente, vocês são frágeis como seu elo mais fraco. Isso é apenas meia verdade.

Vocês também são tão fortes quanto o elo mais forte. Medi-los pela menor parte é como avaliar o poder do oceano pela fragilidade da espuma.

Julgá-los por suas falhas é como culpar as estações por sua inconsistência. Sim, vocês são como o oceano, e embora navios pesados aguardem a maré em suas praias, vocês, como o oceano, não podem controlar suas marés.

E vocês também são como as estações, embora em seu inverno neguem sua primavera. A primavera, repousando dentro de vocês, sorri em sua sonolência e não fica ofendida.

Não pensem que digo essas coisas para que possam dizer uns aos outros: 'Ele nos elogiou. Ele viu apenas o bem em nós'. Somente lhes falo com palavras o que vocês próprios já conhecem nos pensamentos. E o que é o conhecimento das palavras senão uma sombra do conhecimento sem palavras?

Seus pensamentos e minhas palavras são ondas de uma memória selada que preserva registros de nosso ontem e dos dias antigos em que a terra não nos conhecia nem se conhecia e de noites em que a terra estava mergulhada em confusão.

Homens sábios vieram até vocês para oferecer sabedoria. Eu vim para tomar sua sabedoria: e encontrei aquilo que é maior que a sabedoria.

É um espírito de fogo dentro de vocês que se expande, enquanto vocês, inconscientes da expansão, lamentam o passar de seus dias. É a vida em busca da vida em corpos que temem o túmulo. Não há nenhum túmulo aqui.

Estas montanhas e planícies são um berço e um caminho. Sempre que passarem pelo campo onde enterraram seus ancestrais, olhem bem para lá e verão vocês e seus filhos dançando de mãos dadas.

Na verdade, muitas vezes vocês são felizes sem saber.

Outros vieram até vocês, para quem, em troca de promessas douradas à sua fé, vocês apenas deram riquezas, poder e glória. Eu dei menos que uma promessa e, mesmo assim, vocês foram muito mais generosos comigo. Vocês me deram minha sede mais profunda de viver.

Certamente não há dom maior para um homem do que aquele que transforma todos os seus objetivos em lábios ávidos e toda a vida em uma fonte. E nisso reside minha honra e minha recompensa, que sempre que eu for à fonte para beber, encontrarei a própria água sedenta; e ela me bebe enquanto eu a bebo.

Alguns de vocês me consideram orgulhoso e tímido demais para receber oferendas. Na verdade, sou orgulhoso demais para receber dinheiro, mas não presentes.

E embora eu tenha comido bagas entre as colinas, quando vocês teriam me recebido à sua mesa e tenha dormido no pórtico do templo, quando vocês me abrigariam de bom grado, não foi sua preocupação carinhosa com meus dias e noites que tornou a comida doce em minha boca e encheu meu sono de visões?

Por tudo isso os abençoo: vocês dão muito e não estão cientes de que dão. Na verdade, a bondade que se olha no espelho transforma-se em pedra, e uma boa ação que se chama de belos nomes dá origem a uma maldição.

E alguns de vocês me chamaram de reservado e embriagado com minha própria solidão, e disseram: 'Ele se reúne com as árvores da floresta, mas não com os homens. Ele se senta sozinho no topo da colina e baixa o olhar para nossa cidade'. É verdade que subi nas colinas e caminhei por lugares remotos.

Como poderia tê-los visto exceto de uma grande altura ou uma grande distância? Como podemos ficar próximos a não ser que estejamos afastados?

E outros entre vocês me chamaram, mas não com palavras, e disseram: 'Forasteiro, forasteiro, amante das alturas inalcançáveis, por que vive nos cumes onde as águias constroem seus ninhos?

Por que busca o inatingível? Que tempestades prenderia em sua rede, e que aves vaporosas você caça no céu?

Venha e seja um de nós. Desça e sacie sua fome com nosso pão, e mate sua sede com nosso vinho'. Na solidão de sua alma, eles disseram essas coisas.

Mas se a solidão deles fosse mais profunda, eles saberiam que eu buscava apenas o segredo da felicidade e a dor deles, e que caçava apenas seus eus maiores que caminham no céu.

Mas o caçador também foi caçado; pois muitas das minhas flechas deixaram o arco apenas para buscar meu próprio peito. E aquele que voava também foi aquele que rastejava; pois quando minhas asas se abriram sob o sol, a sombra sobre a terra era a de uma tartaruga.

E eu, o crente, fui também o descrente; pois, muitas vezes, pus o dedo em minha própria ferida para ter mais fé em vocês e conhecê-los melhor.

E é com essa crença e esse conhecimento que lhes digo, vocês não estão presos em seu corpo, nem confinados a casas ou campos. Aquilo que vocês são habita acima da montanha e vaga com o vento.

Não é aquilo que rasteja no sol em busca de calor ou cava buracos na escuridão por segurança, mas algo livre, um espírito que envolve a terra e se movimenta no éter.

Se essas são palavras vagas, não procure esclarecê-las. Vago e nebuloso é o início de todas as coisas, mas não seu fim. E contente eu ficaria se lembrassem de mim como o início. A vida, e tudo o que vive, é concebida na neblina e não no cristal.

E quem sabe que o cristal não é a neblina em decadência? É isso o que gostaria que lembrassem quando se lembrarem de mim: aquele que parece mais frágil e desorientado em vocês é o mais forte e o mais determinado.

Não é a respiração que erigiu e endureceu a estrutura de seus ossos? E não é um sonho que nenhum de vocês lembra ter sonhado que construiu a cidade e criou tudo o que há nela?

Se pudessem ver as marés daquela respiração, vocês deixariam de ver todo o restante e, se pudessem ouvir o sussurro do sonho, vocês não ouviriam nenhum outro som. Mas vocês não veem, nem ouvem, e está tudo bem.

O véu que enevoa seus olhos deve ser erguido pelas mãos que o teceram. E o barro que preenche seus ouvidos deve ser perfurado pelos dedos que o moldaram.

Então, vocês verão. Então, ouvirão. No entanto, não devem lamentar ter conhecido a cegueira, nem se arrepender de terem sido surdos.

Pois naquele dia conhecerão os propósitos ocultos em todas as coisas e abençoarão a escuridão assim como abençoam a luz."

Após dizer essas coisas ele olhou ao redor e viu o capitão de seu navio em pé junto ao leme, olhando ora para as velas desfraldadas, ora para longe.

E ele disse: "Paciente, muito paciente, é o capitão do meu navio. O vento sopra, e as velas estão inquietas; até o leme pede direção; no entanto, meu capitão aguarda calmamente o meu silêncio.

E estes meus marinheiros, que já ouviram o coro do vasto mar, também me ouviram pacientemente. Agora não precisam mais me esperar. Estou pronto.

O riacho atinge o mar, e mais uma vez a grande mãe segura seu filho contra o seio. Adeus, povo de Orphalese. Este dia terminou. Ele se fecha sobre nós assim como o nenúfar se fecha sobre seu próprio amanhã.

O que aqui nos foi dado será conservado, e se não for suficiente, precisamos reunirmo-nos novamente e, juntos, estender nossas mãos ao Doador. Não se esqueçam de que voltarei para junto de vocês.

Em pouco tempo meu desejo juntará pó e espuma para outro corpo. Em pouco tempo, um instante de descanso sobre o vento, outra mulher vai me conceber. Adeus a vocês e à juventude que passei com vocês. Foi apenas ontem que nos encontramos em um sonho.

Vocês cantaram para mim em minha solidão, e eu construí uma torre no céu com os seus anseios. Mas agora nosso sono escapou e se acabou, e não é mais a aurora.

O meio-dia está sobre nós e nosso semidespertar transformou-se em dia cheio, e devemos separarmo-nos. Se no crepúsculo da memória nos reencontrarmos, conversaremos novamente, e vocês cantarão para mim uma canção mais profunda. E se nossas mãos se encontrarem em outro sonho, construiremos outra torre no céu."

Dizendo isso, ele fez um sinal para os marinheiros e logo eles ergueram a âncora, desataram as amarras do navio e se dirigiram para o leste. Um grito veio do povo como se saísse de um único coração; ergueu-se no crepúsculo e foi carregado pelo mar como se fossem notas de trompete.

Apenas Almitra permaneceu em silêncio, observando o navio até ele desaparecer na névoa.

E quando todas as pessoas se dispersaram, ela continuou de pé, sozinha, sobre o quebra-mar, lembrando em seu coração o que ele dissera:

"Em pouco tempo, um instante de descanso sobre o vento, outra mulher vai me conceber".

Este livro foi impresso pela Farbe Druck
em fonte Adobe Garamond Pro sobre papel Lux Cream 70 g/m²
para a Edipro no inverno de 2018.